MW00913171

Textes **Marie-Agnès Gaudrat**

Illustrations **Serge Bloch**

Couleurs **Rémy Chaurand**

Dépôt légal : juin 2012.
Conforme à la loi du 16 juillet 1949
sur les publications destinées à la jeunesse
Imprimé en Slovénie.
© Éditions Tourbillon, 10, rue Rémy Dumoncel, 75014 Paris, France.
ISBN : 978-2-84801-713-6

TOTO
Vive la liberté !

Poil au nez !

Tourbillon

Ce matin, quand maman m'a réveillé, j'avais un mauvais pressentiment.

Quelque chose me démangeait.

J'ai vérifié, c'était pas le nez,

pas les dessous de bras,

pas les dessous de pieds.

Non, c'était quelque chose
du côté de ma liberté
(je suis très chatouilleux
de ce côté-là !).

Et Paf ! Ça n'a pas raté,
quand j'ai demandé
à maman quel jour
on était, elle a répondu :
– On est lundi,
mon roudoudou.
Allez, allez, debout !

Je déteste les lundis !

Parce qu'il y a une manie

dans ce pays : tous les lundis,

il faut retourner à l'école.

Quand je serai grand,

j'irai vivre en Amérique !

Parce que mon Tonton Jacky,

il m'a expliqué qu'en Amérique

y a pas de lundis. Y a des monets…

des moundai… bref,

je ne sais plus comment

ça s'appelle, mais pas de lundis.

Moi, je l'aime bien Tonton Jacky.
Dommage qu'il vive en Amérique
parce que je ne le vois pas
souvent.

Au petit déjeuner, j'ai tenté un truc
qui marche parfois,
quand papa n'est pas là.
J'ai pris mon air mourant
et j'ai dit à maman :
 – Je crois que je ne peux pas
aller à l'école…

– On peut savoir

ce que tu as inventé cette fois ?

a demandé papa

en levant les yeux au ciel.

– Je te parle pas à toi, j'ai dit.

Je parle à maman.

Ma maman, c'est la plus gentille
des mamans, elle s'est penchée
vers moi et elle a chuchoté :
– Qu'est-ce que tu as, mon lapin ?
J'ai répondu tout bas,
(pour que papa n'entende pas) :
– Je ne me sens pas bien.

Maman, elle a bon cœur,

elle s'inquiète pour un rien.

Elle a pris son petit air fripé

qui la fait ressembler à mamie :

– Où est-ce que tu ne te sens

pas bien, mon petit Toto ?

J'ai répondu encore plus bas :

– À l'école...

Et c'est comme ça
que je me suis retrouvé
dans l'escalier,
avec mon cartable sur le dos.
Et mon papa qui criait :
– Bien tenté, Toto,
mais je ne suis pas sourd !
Allez, file en vitesse
et pas de zéro ! Sinon...

Sinon... sinon...

J'aime pas quand papa dit

« sinon », c'est jamais bon

pour ma liberté !

Surtout quand, le soir,

il y a un match de foot à la télé.

Il est marrant lui, pas de zéro !

C'est pas lui qui doit trouver

les réponses pour la maîtresse.

Mes parents m'obligent
à aller à l'école...
c'est pas juste !
Est-ce que je les oblige
à y aller, moi ?

En approchant de l'école,

j'ai doublé Flagada.

Je lui ai demandé :

– Ben, pourquoi t'avances pas ?

Il m'a dit :

– Regarde !

Je titille ma dent du bas.

Et c'était vrai, il avait une dent
qui bougeait.
Ça, c'est typique de Flagada,
il ne peut pas faire deux choses
à la fois, marcher et titiller sa dent
du bas. Alors, j'ai pris les choses
en main, je lui ai dit :
– Bon, d'accord,
toi tu titilles,
mais moi, je te
fais avancer.
Et je l'ai poussé.

Je poussais, je poussais,

mais j'avais l'impression

qu'on n'avançait pas.

J'ai demandé :

– C'est pas possible,

tu freines ou quoi ?!

Il m'a répondu :

– T'as pas vu

le panneau ? RALENTIR

ÉCOLE...

On rigolait bien tous les deux,
quand on a vu le directeur
qui nous attendait
devant les portes de l'école,
les poings sur les hanches.
Il criait :
– Encore un petit effort
et vous allez reculer !

Flagada c'est pas un rapide,

mais c'est un rigolo.

Il a marmonné :

– Il a tort de me tenter.

Alors moi, forcément,

j'ai rigolé de plus belle.

Jusqu'au moment où

j'ai senti qu'on me soulevait

par une oreille, pour me faire

traverser la cour

comme une fusée.

Je me suis retrouvé assis
à ma place dans la classe
pile quand la sonnerie a retenti.
Alors j'ai levé les yeux et j'ai dit :
– Merci, monsieur le directeur,
d'avoir fait le taxi. Sans vous,
je serais encore à la grille.
Il est reparti en soufflant
de la fumée par les narines
et, deux secondes plus tard,
il laissait tomber Flagada
sur sa chaise comme une flaque.

C'est nouveau que le directeur
fasse le taxi. Je crois que ça
s'appelle le ramassage scolaire.
Mon Tonton Jacky m'a expliqué
qu'il faisait ça aussi en Amérique,
mais eux, c'est pas avec les
oreilles, c'est avec
des grands bus jaunes.
Quand je serai grand,
j'irai vivre en Amérique.
C'est beaucoup plus confortable !

Je rêvais à ma vie là-bas

quand la maîtresse a demandé :

– Qui peut venir me montrer

l'Amérique sur la carte ?

Pour une fois que je savais,

j'ai couru et paf ! j'ai mis mon doigt

pile sur le pays de Tonton Jacky.

La maîtresse m'a caressé la tête
en disant d'une petite voix
pleine de trémolos :
– Mais c'est très bien, ça,
mon petit Toto.
J'adore faire plaisir à ma maîtresse,
mais avec elle, faut y aller mollo
parce que, quand je ne sais pas,
souvent ça la fait pleurer.
Mais quand je sais trop,
parfois ça la fait pleurer aussi.
La maîtresse a enchaîné :

– Et maintenant, qui se souvient
de qui a découvert l'Amérique ?
Moi j'ai rien dit, je voyais bien
qu'elle était déjà au bord
des larmes.
Flagada non plus, il était trop
occupé à titiller sa dent
du bas. Alors tous
les copains se sont
levés en criant :
– Trop facile,
madame, c'est Toto !

Et voilà ! Trop c'est trop !
La maîtresse s'est cachée
derrière son mouchoir.
Le temps qu'elle essuie
ses grosses larmes,
et qu'elle aille se passer
de l'eau fraîche sur le visage
pour qu'on ne voit pas
qu'elle avait pleuré,
ça nous a fait une petite pause
pour discuter avec les copains.
L'ennui avec moi, c'est que,

quand je commence à faire plaisir,

je peux plus m'arrêter,

c'est comme une petite maladie.

Je me suis tourné vers Sido,

ma voisine, et je lui ai dit :

– Tu veux que je t'embrasse ?

(les filles ça veut toujours
qu'on les embrasse).
Et Paf ! J'ai reçu une gifle !
Pas de Sido, non, elle,
elle était contente.
Mais de Mimi !

Je l'aime bien Mimi, moi.

Les autres, ils disent même

qu'on est amoureux,

parce que, chaque fois qu'on se

voit, on rougit.

Mais là, je n'ai pas rougi.

Je me suis tourné vers Mimi

et j'ai dit :

– C'est pas ce que tu crois,

je disais ça pour lui faire plaisir,

en vrai, j'ai pas du tout envie

de l'embrasser...

Et j'ai ajouté tout bas :

– Regarde, elle a plus de dents
de devant !

Et Paf ! Je me suis repris une gifle.
Cette fois, c'était Sido. C'est
compliqué les filles, quand on fait
plaisir à l'une, on peut être sûr
qu'on va se faire gifler par l'autre !

Je me tenais les deux joues

quand la maîtresse est revenue.

Elle a tapé dans ses mains

et elle a dit :

– Bon ! Petite révision :

Charles-Jean, peux-tu expliquer

à tes camarades ce que veut dire

le mot DÉCOUVRIR ?

Charles-Jean Proudelle,
c'est le premier de la classe.
Chaque fois que la maîtresse
ne sait pas, elle lui demande.
Charles-Jean s'est levé,
et, comme s'il était au théâtre,
il a déclamé :

– Découvrir est un verbe transitif

qui veut dire « mettre à jour

ce qui était inconnu ».

Ce Charles-Jean, c'est une tête !

La maîtresse était rose de plaisir.

Elle a enchaîné, toute excitée :

– Ce qui est amusant,

avec les découvertes,

c'est qu'on ne trouve

pas toujours ce qu'on cherche.

Par exemple quand, en 1492,

Christophe Colomb a découvert

l'Amérique, il cherchait les Indes
et les épices…
Là, elle nous avait perdu :
« d'épices », on est passé à « pisse »,
de « pisse » à « pipi », « caca »…
tout ça.
On était morts de rire,
plus personne ne l'écoutait.

– Les É-PI-CES ! a hurlé

la maîtresse, c'est-à-dire

le poivre, la cannelle, la vanille…

Et, à partir de là, elle s'est mise

à parler à toute vitesse, comme si

elle voulait se débarrasser

de sa leçon d'Histoire.

Si même elle, elle ne s'applique

plus, franchement c'est

décourageant !

Alors, nous, on a repris

nos activités normales.

Flagada titillait sa dent du bas.
Jojo envoyait des avions au
tableau. Mouloud piquait la main
de Gogo avec son stylo
quatre couleurs.
Et, Mimi et moi, on rougissait.

On entendait vaguement

une petite musique

comme il y a souvent

dans les supermarchés.

C'était la maîtresse

qui continuait :

– Christophe Colomb

est parti sur un grand bateau

à la recherche des Indes

et il a découvert l'Amérique !

Isaac Newton, lui,

était assis sous un arbre

quand une pomme lui est tombé
sur la tête. C'est comme ça
qu'il a découvert la loi
de la gravité.

Là, y a eu un blanc,
elle a repris sa respiration
et elle a chevroté :
– Alors, les enfants,
ce n'est pas fantastique ?
Derrière moi, j'ai entendu Jojo
qui disait :

– Oh si, madame,

mais je suis sûr que s'ils étaient

restés assis en classe comme nous

toute la journée, ils n'auraient rien

découvert du tout.

Là, c'est nous qui l'avons perdu.

Elle a disparu derrière son bureau,

comme elle le fait de temps

en temps, en laissant dépasser

ses pieds. On n'a pas eu le temps

de la ramasser parce que la récré

a sonné.

Et nous, on ne rigole pas
avec la récré !

Mais ce jour-là, à la récré,

on ne s'est même pas bagarré.

On avait bien mieux à faire :

on s'est tous mis en rond

pour regarder Flagada

titiller sa dent du bas.

Et, à force de le regarder,

ça nous a donné des idées...

Mouloud a réussi à se faire bouger
une dent en haut, Jojo une dent
en bas, et moi deux dents
d'un coup !
Il n'y a que Gogo, le pauvre,
qui n'a pas réussi.
Mais comme c'est un bon copain,
il m'a donné un coup de main :
il a titillé ma dent du haut,
pendant que je titillais
celle du bas.

À la fin de la récré,

je me suis approché

de Mimi qui boudait encore.

J'avais une super idée

pour me rattraper.

Je lui ai glissé à l'oreille :

– Tu veux savoir de quoi j'ai rêvé
cette nuit ?

Elle a rougit en battant des cils :

– Je ne sais pas, dis toujours.

– J'ai rêvé que j'embrassais
la plus belle fille du monde.

Elle a arrêté de battre des cils,

elle m'a attrapé par le menton,

et elle a dit :

– Et dans ton rêve, je te giflais ?

J'ai dit :

– Non, pourquoi ?

Alors, elle m'a lâché le menton,

elle a dit :

– Je voulais vérifier

que c'était bien un rêve.

Et elle a tourné les talons !

J'ai même pas eu le temps de lui expliquer que pour moi, la plus belle fille du monde c'était elle (bien sûr !), parce que Gogo m'a ouvert la bouche, et il a recommencé à titiller encore un peu. C'est super les récrés, mais c'est fatigant ! Heureusement qu'on peut se reposer en classe.

Enfin ça dépend, parce que là,

notre maîtresse nous avait préparé

des mots à chercher dans

le dictionnaire.

Et c'est très lourd, les dictionnaires !

Moi, je devais chercher :

« École » et « Christophe Colomb ».

J'ai regardé le dictionnaire,

Pff... y avait des milliers

de mots là-dedans.

Complètement décourageant...

Comme dit mamie Sissi

« autant chercher une aiguille

dans une botte de foin ».

J'ai appelé la maîtresse :

– Madame, c'est impossible

de trouver un pauvre petit mot

dans un si gros livre.

La maîtresse m'a répondu

– Toto, ça fait cent fois

que je t'explique : pour trouver

le mot « MAMAN » par exemple,

tu cherches à M.

– Ah d'accord !

Alors pour trouver « ÉCOLE »,

je cherche à « j'aime pas » !

Elle n'a même pas répondu,

(ça devient une manie),

elle avait encore disparu !

J'ai cherché, j'ai cherché…

Mais, même avec l'astuce
de la maîtresse, j'ai pas trouvé.
Alors je me suis approché
de Charles-Jean Proudelle :
– Psst… Psst… Donne-moi
la définition du mot « école ».
Charles-Jean, il est trop fort,
il n'a même pas besoin
d'ouvrir le dictionnaire.
À croire qu'il a avalé Google.
Il a cliqué dans sa tête
sur « rechercher », et hop, il a récité :

– L'école est un établissement
où l'on accueille des individus
appelés écoliers
pour leur dispenser
un enseignement collectif.

J'étais étonné. Je lui ai demandé :

– Tu es sûr du mot « dispenser » ?

Parce que je ne me trouve pas

très dispensé, moi.

Là, je crois que je l'ai vexé,

parce que quand j'ai dit :

« Maintenant, donne-moi

Christophe Colomb », il a pris son

air militaire. Et il a répondu :

– Fais un petit effort, Toto,

les noms propres, il faut les

chercher à la fin du dictionnaire.

Il est marrant lui, comment je sais, moi, où ils rangent les mots propres et les mots sales dans le dictionnaire ?

Après, tout est allé très vite.

On est allé à la cantine

manger nos haricots pour chien

et nos yaourts plein de bave

(on devait manger mou et léger,

avec nos dents qui bougeaient).

Mais, même en mangeant pas

beaucoup, on a eu besoin

de faire la sieste tout l'après-midi

pour digérer.

En sortant de l'école,

j'avais trois petits zéros

dans mon cartable,

autant dire pas grand-chose.

Et, en plus, c'était pas très juste,

parce que j'avais

même pas répondu faux,

j'avais pas entendu

les questions, c'est tout.

J'étais un peu contrarié,
mais je suis quand même passé
chez Gogo. Il m'avait supplié
de venir l'aider à finir
un puzzle très difficile.

Quand je suis arrivé,

il pleurnichait :

– Tu vois, y a pas de modèle,

et en plus toutes les pièces

se ressemblent !

– Attends… attends…,
j'ai dit, laisse-moi voir.

Mais quand j'ai vu, j'ai dit :

– Bon, écoute Gogo,
on remet tranquillement
les céréales dans la boîte
et on ne dit rien à personne !

Et j'ai tenu ma promesse,

j'ai rien dit aux copains !

Quand maman est rentrée,

Gogo, Mouloud, Mimi et moi

on était bien sagement en train

de faire nos devoirs…

Alors on n'a pas compris

pourquoi elle s'est mise à crier :

– Mais qu'est-ce que vous faites ?

On a répondu :

– Ben, on a une rédaction à faire,

sur notre animal préféré.

Ma maman, elle adore les bêtes,
alors elle nous a aidé.

Et quand mon papa est rentré,

on était tous prêts pour le match.

Dès l'entrée, il a crié :

– Alors pas de zéro, Toto ?

J'ai finement détourné

son attention en disant :

– Non, non, pas de rototo…

Parce que je le connais, papa,
il demandait par politesse,
en vrai il a horreur de regarder
les matchs de foot tout seul,
ça le rend triste.

Là, il était gâté !
Sur le canapé, il y avait déjà
Gogo, Mimi, Mouloud,
Zaza et moi, et le match
était pas encore commencé
qu'on se tordait déjà de rire.

On avait vu le programme,

il y avait nos joueurs préférés :

Kaka, Diarra, Bebeto et Nenê.

**Mais papa n'a pas eu
le temps de s'asseoir, parce
que le téléphone a sonné.**

C'était Tonton Jacky
qui arrivait d'Amérique.
Alors on s'est tous entassé dans
la voiture : papa, maman, Zaza,
Mouloud, Mimi, Gogo et moi.

J'ai commencé à crier :

– À l'aréoport ! À l'aréoport !

Papa a hurlé :

– L'a-**é**-roport, Toto,

on va à l'a-é-ro-port ! (parce qu'il

était déjà un peu énervé).

Il l'aime bien Tonton Jacky,

(forcément c'est son frère),

mais il aime beaucoup

le foot aussi...

Il a dit :

– Accrochez-vous,

on va foncer !

Il n'a même pas eu

le temps de foncer.

Parce qu'un policier l'a arrêté.

– Vos papiers, monsieur.

C'est incroyable ça !

Je ne sais pas si c'est comme ça

avec tous les papas,

mais le mien, il attire

tous les policiers.

À croire qu'il a une tête

à faire des bêtises !

Pour essayer de l'aider j'ai dit :

– Soyez gentil, monsieur le policier
on fonce à l'aréoport chercher
Tonton Jacky et, dès qu'on
l'a trouvé, on met la gomme
pour arriver à l'heure pour
le match de foot.

J'ai entendu papa soupirer :

– A-**é**-roport, Toto ! A-**é**-roport !

Mais on a dû tomber

sur le seul policier

qui n'aime pas le foot.

Parce qu'il a pris tout son temps :

il a fait dix fois le tour

de la voiture, il a appris par cœur

le permis de conduire de papa,

et puis son contrat d'assurance.

Il a tapoté les phares devant,

le pare-choc derrière,

et puis il a fait

une addition :

– Ça vous fera 130 euros…

Une petite soustraction…

– Et trois points

en moins !

Et on est reparti.

Dans ma tête, je comptais

les points qui restaient

sur le permis de mon papa,

depuis le temps

que les policiers lui en enlèvent.

Ouf ! Il lui en restait un.

J'ai dit :

– T'as de la chance, papa,

de ne pas avoir eu de zéro,

sinon... privé de match !

Après, on a roulé doucement...

Il y a même eu de longs moments

où rien ne roulait, sauf les yeux

de mon papa (je le voyais

dans le rétroviseur).

Il devait penser au match

qui avait commencé,

et... au gros embouteillage

qui nous empêchait de bouger !

Et puis la nuit est tombée.

Alors maman a sorti son portable

et elle a appelé les parents

de Gogo, de Mouloud, et de Mimi,

pour qu'ils ne s'inquiètent pas.

Elle a dit tout bas (pour ne pas

énerver papa) :

– On ne sera sûrement pas

de retour avant minuit.

Quand elle a raccroché

son portable a sonné.

C'était Mamie Sissi

qui se demandait où on était,

parce qu'elle était allée chercher

Tonton Jacky à l'aéroport,

et ils nous attendaient

tous les deux en bas de chez nous.

J'ai entendu maman

qui chuchotait :

– Mais comment tu as fait

pour arriver à l'heure

avec tous ces embouteillages ?

Et la petite voix de Mamie Sissi

qui sortait du téléphone :

– Figure-toi que je suis tombée
sur des policiers charmants,
charmants, charmants !!!
Quand je leur ai dit que
j'étais pressée, ils ont fait venir
des motards qui m'ont escortée
jusqu'à l'aéroport !

C'est toujours comme ça
avec mamie Sissi,
elle sourit tellement
que tout lui sourit.

Un qui ne souriait pas, c'était papa !

Alors, à l'arrière, on a arrêté

le petit jeu qu'on avait inventé

et qui consistait à se tirer

sur la peau des coudes

en poussant des petits cris.

C'est dommage, parce que c'était

un bon jeu de voiture.

Heureusement on avait nos dents !

Alors, on a titillé en attendant…

De toute façon,

le match était fini.

C'est bête qu'ils habitent si loin,

Mamie Sissi et Tonton Jacky,

parce qu'on perd un de ces temps

dans les embouteillages !

Dans la famille, il n'y a que papa,
maman, Zaza et moi qui habitons
tout près.
Plus tard, c'est sûr, j'irai vivre en
Amérique, parce que Tonton Jacky,
m'a expliqué que là-bas
il y a des
immeubles
si hauts
qu'ils grattent
le ciel.

Ce sera trop bien !

Dans mon immeuble, je mettrai

tous mes copains d'aujourd'hui,

tous mes copains de demain,

toute ma famille d'aujourd'hui,

et toute ma famille de demain.

Je rêvais à ma nouvelle vie

quand papa a pilé : on était arrivé.

Papa, il a monté dans ses bras

Mimi, Mouloud, et Gogo,

parce qu'il est costaud mon papa,

et que mes copains

ils font pas les choses à moitié :

quand ils dorment,

impossible de les réveiller !

Mais moi, j'étais trop excité

de retrouver Tonton Jacky.

Il m'avait apporté

plein de cadeaux :

un *jean d'homme vache,*

comme il dit ;

un tee-shirt où est écrit :

« Yes we can »

(ça veut dire qu'on peut tout faire) ;

et le plus beau de tout,

une statue de la Liberté !

Ça y est j'étais sauvé !

Je courais partout en criant
« Vive l'Amérique, vive ma liberté ! »,
quand j'ai vu mon papa.
Oups ! J'ai tout de suite compris
que j'avais intérêt à filer au lit.
Mais je m'en fous, parce que
dès demain, avec mon *jean,*
mon tee-shirt et ma statue
de la Liberté, je vais pouvoir faire
tout ce que je veux !

C'est bizarre les parents,
quand même... Le soir,
quand on est en pleine forme
ils nous mettent au lit !
Et le matin, quand on dort
à poings fermés, ils nous réveillent !

Dans la même collection

Bonne rentrée, TOTO !

Bon week-end, TOTO !

Les meilleures
blagues de

TOTO